AF364018

VENTE
Du Mardi 28 Janvier 1908
HOTEL DROUOT, SALLE N° 7
à deux heures

EXPOSITION PUBLIQUE
Le Lundi 27 Janvier 1908
DE I H. I/2 A 5 H. I/2

FAIENCES & PORCELAINES

Chine, Japon, Rhodes, Delft

Bronzes d'Art et d'Ameublement

MEUBLES & SIÈGES

Ameublement de Salon en Tapisserie moderne

TABLEAUX, DESSINS, OBJETS VARIÉS

TAPISSERIES ANCIENNES

Tapis d'Orient et de la Perse, Étoffes, Broderies

BIJOUX

EXEMPLAIRE DE H. STETTINER

COMMISSAIRE-PRISEUR
Mᵉ ANDRÉ COUTURIER
56, rue de la Victoire

EXPERTS
Pour les Objets d'art :
MM. PAULME et B. LASQUIN FILS
10 rue Chauchat | 12, rue Laffitte

Pour les Bijoux :
MM. FALIZE FRÈRES
6, rue d'Antin

CATALOGUE

DES

FAIENCES & PORCELAINES

De la Chine, Japon, Rhodes, Delft, etc.

Bronzes d'Art et d'Ameublement

APPLIQUES, BRONZES CHINOIS, LUSTRES, SUSPENSIONS

MEUBLES & SIÈGES

Anciens et Modernes

Ameublement de Salon en Tapisserie d'Aubusson moderne

TABLEAUX, DESSINS, OBJETS VARIÉS

Tapisseries Anciennes

Tapis d'Orient et de la Perse, Étoffes, Broderies

BIJOUX

DONT LA VENTE AUX ENCHÈRES PUBLIQUES AURA LIEU

HOTEL DROUOT, SALLE N° 7

Le Mardi 28 Janvier 1908, à deux heures

PAR LE MINISTÈRE DE

Mᵉ André COUTURIER, COMMISSAIRE-PRISEUR

Successeur de Mᵉ TUAL

56, rue de la Victoire, 56

ASSISTÉ DE

Pour les Objets d'art, de :	*Pour les Bijoux, de :*
MM. PAULME et B. LASQUIN FILS	**MM. FALIZE FRÈRES**
10, rue Chauchat | 12, rue Laffitte	6, rue d'Antin

Chez lesquels se distribue le présent Catalogue

EXPOSITION PUBLIQUE

Le Lundi 27 Janvier 1908, Salle n° 7, de 1 h. 1/2 à 5 h. 1/2

CONDITIONS DE LA VENTE

Elle sera faite *au comptant*.

Les adjudicataires paieront *dix pour cent* en sus des enchères.

L'Exposition mettant le public à même de se rendre compte de l'état et de la nature des objets, aucune réclamation ne sera admise une fois l'adjudication prononcée.

Paris. — Imp. de l'Art, Ch. Berger et Cⁱᵉ, 41, rue de la Victoire.

DÉSIGNATION

PORCELAINES ET FAIENCES

1 — Assiette creuse en faïence de Nevers, à bord festonné, décor bleu.

2 — Deux assiettes en ancienne faïence de Delft, décor polychrome.

3 — Trois coupes en faïence ou porcelaines diverses.

4 — Deux sabots en porcelaine de Saxe, décor à bouquets de fleurs.

5 — Grande cafetière en porcelaine, imitation de la Compagnie des Indes, et un sceau en faïence.

6 — Potiche couverte en ancienne faïence de Delft, à huit pans côtelés, décor en bleu de vases fleuris, lambrequins à l'épaulement et à la base.

7 — Petite caisse à fleurs en porcelaine, décorée de fleurettes détachées.

8 — Petit pot en ancienne porcelaine de Louis-
bourg, fond pointillé d'or, et fleurs dans des
médaillons de laurier.

9 — Petite cafetière couverte en ancienne porcelaine de Vienne, décor bouquets de fleurs
en camaïeu rose.

10 — Service à café en porcelaine de Saxe, décor
de fleurs, composé de huit tasses couvertes
et soucoupes, un encrier.

11 — Grande et petite chocolatière en ancienne
porcelaine de Saxe, décor à fleurs, manches
en bois tourné.

12 — Plat ovale en ancienne porcelaine de la
Compagnie des Indes, décor de fleurs, bordure ajourée simulant la vannerie.

13 — Petit plat ovale en ancienne porcelaine de
la Compagnie des Indes, décor de fleurs,
oiseaux en couleur.

14 — Huit assiettes plates ou creuses en ancienne porcelaine de Chine, décors variés
en bleu.

15 — Plat en porcelaine du Japon, bouquets de fleurs au centre et au marli, en bleu rouge et or, et une assiette, décor bleu.

16 — Plat creux en ancienne porcelaine du Japon, fond bleu, orné de bouquets de fleurs en rouge et or dans quatre réserves.

17 — Deux plats en ancienne porcelaine de Chine, décor de fleurs et feuillages en bleu.

18 — Grand plat creux en ancienne porcelaine de Chine, décor de chrysanthèmes en bleu, autre plat plus petit, oiseau au centre.

19 — Plat rond en ancienne porcelaine de Chine, décoré en bleu d'un panier fleuri au centre et fleurs à la bordure,

20 — Petit vase en porcelaine de Chine, fond capucin.

21 — Bol et bouteille en porcelaine de Chine.

22 — Plat en faïence de Satzuma.

23 — Crachoir en porcelaine de Chine.

24 — Vase en porcelaine craquelée de Chine, forme balustre.

25 — Vase en porcelaine craquelée de Chine.

26 — Tasse couverte et sa soucoupe en porcelaine mince de Chine, décor à personnages.

27 — Deux bols en ancienne porcelaine de
Chine, décor bleu.

28 — Paire de vases en porcelaine de Chine,
fond vert, décor à personnages en couleurs.

29 — Plat rond en ancienne porcelaine de
Chine, décor en émaux de couleurs, avec
parterre fleuri au centre.

30 — Plat en porcelaine de Chine, à sujet fami-
lier, en émaux de couleur.

31 — Vase-couvert en ancienne porcelaine de
Chine, décor à réserves et feuillages ; monture au couvercle et à la base en bronze
doré.

32 — Pot en ancienne porcelaine de Chine, décor
bleu : paysage maritime.

33 — Bouteille en ancienne faïence de Perse,
décor en bleu de goût chinois ; fleurs et usten-
siles, lambrequins.

34 — Cinq fragments de carreaux et cinq de bordures en ancienne faïence de Damas, décor à feuillages, fleurs et ornements stylisés.

35 — Douze carreaux de revêtement en ancienne faïence hispano-mauresque, décor à rosaces et entrelacs dans quatre cadres.

36 — Deux œufs, bleu et blanc, en faïence persane.

37 — Plat en ancienne faïence d'Asie-Mineure, décor en bleu, rosace au centre, lambrequins au marli.

38 — Plat en ancienne faïence de Rhodes, décoré en couleur d'une rosace au centre, cercles entrelacés au marli et imbrications à la bordure, feuilles détachées au revers.

39 — Plaque de revêtement composée de neuf carreaux en ancienne faïence persane, décor figurant un portique de mosquée, avec lampes, ifs sur les côtés et vase avec œillets au centre ; sur le pourtour, caractères d'écriture. Cadre en bois avec inscrustations de nacre.

40 — Ornement d'angle en ancienne faïence persane, décor bleu, avec œillets au centre.

41 — Carreau en ancienne faïence de Rhodes, décor simulant deux bordures, à œillets, l'une fond blanc, l'autre bleu.

42 — Deux carreaux en ancienne faïence arabe, décor bleu et vert, à rosace et fruit.

43 — Trois carreaux syriens en ancienne faïence, à décor de rinceaux fleuris, bleus et verts.

44 — Carreau en ancienne faïence de Rhodes, décor d'œillet, feuillages, en vert bleu et rouge.

45 — Carreau en ancienne faïence de Rhodes, décor en bleu, vase avec bouquets d'œillets.

46 — Carreau hexagonal en ancienne faïence de Damas, décoré d'une étoile à six rayons, encadrement de fleurs stylisées.

47 — Carreau en ancienne faïence de Rhodes, décoré d'une rosace avec gerbe d'œillets au centre sur fond bleu, sur fond de feuillages blanc et contrefond bleu.

48 — Petit carreau en ancienne faïence persane, décoré d'un œillet d'Inde en relief; fond bleu.

49 — Saucière en faïence ancienne de Strasbourg.

50 — Six assiettes et saucière en faïence, décors guirlandes et fleurs.

51 — Compotier octogonal en même faïence de Rouen.

52 — Manette en ancienne faïence de Rouen.

53 — Deux pots et une bouteille en faïence ancienne.

54 — Six assiettes en faïence et porcelaine diverses.

BRONZES D'ART ET D'AMEUBLEMENT

55 — Paire d'appliques en bronze ciselé, à deux lumières. Époque Régence.

56 — *L'Enfant au coq*. Statuette en bronze, d'après *A. Falguière. Edition Barbedienne.*

57 — Grand ibis en bronze japonais.

58 — Deux paires de chenets en cuivre.

59 — Paire de grands chenets en cuivre. Époque Louis XIII.

60 — Petit cartel œil de bœuf de style Louis XVI, en bronze ciselé et doré, à nœuds de ruban, chute de fleurs.

61 — Vase-balustre à six pans, en bronze patiné chinois.

62 — Grand brûle-parfum en bronze du Japon, sur socle, couvercle surmonté d'un aigle.

63 — Divinité hindoue en bronze doré.

64 — Brûle-parfum avec couvercle, deux éléphants, une divinité en bronze indo-chinois.

65 — Deux supports en bronze chinois.

66 — Bouddha hindou.

67 — Deux statuettes de divinités en porcelaine de Chine, avec monture en bronze doré formant candélabres.

68 — Deux lustres en bronze et cristaux, de style Louis XVI.

69 — Lanterne en fer forgé, ornée de vitraux. *Maison Baguès.*

70 — Suspension de salle à manger en bronze, de style Louis XV, disposée pour l'électricité. *Maison Gagneau.*

TABLEAUX, DESSINS

OBJETS VARIÉS

71 — PELAS (Fernand). Vues de Venise. Petites aquarelles.

72 — ÉCOLE FRANÇAISE. Portrait de Jeune Femme et Enfant. Cadre ovale en bois sculpté Louis XIII.

73 — Combats japonais. Deux grandes aquarelles sur soie.

74 — Éventail, époque Louis XVI, monture en ivoire ajouré et sculpté, avec ornements et sujets en or, feuille en soie finement décorée à la gouache de trois médaillons à sujets galants.

75 — Trois grands panneaux gothiques en bois sculpté.

76 — Panneau à serviette en bois sculpté gothique.

77 — Fragment de statuette de Vierge en bois sculpté. xiiie siècle.

78 — Statuette de Vierge en bois sculpté. xviie siècle.

79 — Cadre en cuivre, motifs, amours, caria-
tines, médaillon. Style Renaissance.

80 — Deux petits cadres en bois sculpté.

81 — Plateau en cuivre gravé. Travail oriental.

82 — Deux canards et un ibis, émail cloisonné
de Chine.

83 — Coffret turc, incrustations de nacre et
d'écaille.

84 — Etui et ses pinceaux en ivoire et émail.
Travail japonais.

85 — Deux chimères en pierre de lare, deux
petits éléphants en ivoire, une écritoire arabe.

86 — Six figurines en bois sculpté. Travail hindou.

87 — Porte-coran en bois, incrusté d'écaille et
de nacre.

88 — Quatre verres et un coffret en verre ou
cristal taillé.

89 — Deux miroirs ovales, cadre en nacre. Travail oriental.

90 — Coffret oriental en bois, incrusté de nacre ;
intérieur à compartiments.

91 — Deux vases en émail cloisonné et une cafetière hexagonale.

92 — Théière en émail de Chine.

MEUBLES ET SIÈGES

93 — Coffre en bois sculpté. XVIᵉ siècle.

94 — Commode en acajou, à quatre tiroirs, dessus de marbre. Époque Louis XVI.

95 — Quatre fauteuils en bois sculpté doré à dossier médaillon. Travail italien, époque Louis XVI. Garniture de soierie à bouquets de fleurettes.

96 — Table à jeu en bois de placage, dessus à damier ; l'intérieur formant écritoire. Epoque Louis XVI.

97 — Lit et armoire à glace en acajou, ornements en bronzes. Époque Empire.

98 — Commode en acajou, ornements en bronze. Époque Empire.

99 — Table à ouvrage en acajou. Époque Empire.

100 — Lit Empire en acajou, motif en bronze doré et vases.

101 — Petite table basse pliante en bois sculpté avec dessus à damier, incrustation d'os. Travail hispano-mauresque.

102 — Etagère turque en bois sculpté et peint, de style européen.

103 — Etagère-applique en bois sculpté et doré en partie. Travail oriental.

104 — Meuble de salon composé de : canapé, deux fauteuils, deux chaises en bois sculpté doré, garnis de tapisserie d'Aubusson, à médaillons de fleurs au siège et au dossier, sur fond bleu ; encadrement à guirlandes de fleurs, feuillages et rinceaux sur fond crème ; contrefond vert. Style Louis XVI.

105 — Meuble de salon en bois sculpté, style Louis XVI. Composé de six pièces.

106 — Table-coiffeuse en acajou, anneaux et entrées de serrure en bronze, dessus mobile orné d'une glace à l'intérieur. Époque Louis XVI.

107 — Commode acajou ornée de bronzes, s'ouvrant à cinq tiroirs, dessus marbre blanc. Style Louis XVI.

TAPISSERIES, TAPIS
ÉTOFFES, BRODERIES

108 — Tapisserie, fin du xvie siècle : Sujet de chasse. Bordures à animaux, fleurs et figures.
Haut., 2 m. 75 cent.; larg., 4 m. 30 cent.

109 — Fragment de tapisserie des Flandres, fin du xvie siècle : Sujet à personnages demi-nature symbolisant la Charité.

110 — Trois carpettes d'Orient. (Sera divisé.)

111 — Tapis oriental, brodé d'argent et au point de chaînette, dessin à fleurs. Bordé de franges.

112 — Panneau en tapisserie au point de Hongrie : Vase fleuri.

113 — Tapis arabe.

114 — Tapis d'Orient, fond rouge, milieu fond noir, à dessins réguliers en rouge.

115 — Tapis d'Orient, fond rouge, bordure fond blanc.

116 — Carpette Smyrne, fond rouge, bordure verte.

117 — Tapis en velours de Bogkara.

118 — Tenture en soie rouge brodée.

119 — Panneau en soie brodée avec petits médaillons à la gouache : Scènes de la Passion.

120 — Deux fragments de bannière : Sujets religieux brodés.

121 — Sept pièces d'étoffe brodée.

122 — Panneau rond en broderie de métal : Soleil, croissant, étoile. Travail oriental.

BIJOUX

123 — Broche émeraude gravée, caractères persans, entourée de seize brillants.

124 — Bague ronde, composée d'un brillant avec entourage de dix petits brillants.

125 — Bague, rampe croisée, composée d'une perle blanche et d'un pavé de brillants.

126 — Bague fantaisie, composée de cinq perles et de cinq brillants.

127 — Épingle de cravate, formée d'une perle blanche bouton.